最終バスのお客さん

小西ときこ

目次

団地の店

かぜで2日休んだぼくが登校すると、のぼるがやってきた。

「なぁ、知ってるか。『白いきのこ』、今月の末で閉店だって。店をやめるんだよ」

「な、なんで」

ぼくは舌をかみそうになった。

「店をこわして、駐車場にするんだって。ほら、店に大学生の息子、いるだろう？

息子の車がふえるから、駐車場を広げるんだよ」

そういえば、オッサンみたいな体格の息子が、店にいたっけ。

「なんでも半額だよ。オレ、工作セットほしいな。犬小屋の形の、木の貯金箱なんだ。

習字の筆とか、絵の具も買わなくっちゃ」

「白いきのこ」は、ぼくの団地にある、ちっぽけな店の名前だ。タタミ12枚の広さ、と店のおばさんがいっていた。外壁《がいへき》と内装《ないそう》、棚まで白で、文房具と布の袋《ふくろ》を売っていた。本の無料貸し出しもしていた。ズボンのすそあげをたのむどこかのおじさんを、店で見たこともある。

その日の夕方、ぼくは自分の部屋で頭をかきむしっていた。

「こまった。どうしよう」

目の前にあるのは、ちょっと古い図鑑《ずかん》2冊だ。『大むかしの生物』と、『自由研究』だった。「白いきのこ」の本で、夏休み前から借りていた。

図鑑を参考に、夏休みの工作をしあげたあとも、店にかえさなかった。そばに置いて、いつもながめていたかったんだ。

「『大むかしの生物』だって、恐竜《きょうりゅう》の絵を見て、名前をおぼえるのが楽しみだったな」

ぼくは考えたあげく、答えをだした。

「店のおにいちゃんが、小学校の時使っていたお古の本だもん。店のおばさんだって、ぼくに貸した本のことなんか、忘れているよ」

これはぼくの図鑑にしよう。

閉店セール中の「白いきのこ」は、連日満員らしい。子供だけではなく、離れた地区に住むお母さんたちもおしかけていると、のぼるがいった。

そのお母さんたちのお目あては、手作りの通学バッグや図書袋だ。バッグや袋は、家の形のポケットとか、別布のサッカーボールがついていたりと、どれも工夫があった。ミシンが苦手で忙しい主婦には、たよりになる店だった。

家へ帰ると、妹の奈津子《なつこ》がせがんでいた。

「ねぇお母さん、今から『白いきのこ』へ行こうよ。前にいちごのもようの図書袋、あったよ。とってもかわいいんだよ」

図書袋は学校の図書室から借りた本を入れる、肩かけの袋だ。2年生から使う。

「毎日のように店へ行って、何か買っているでしょ？　でも、そうね。来年、図書袋が必要になるわね。作るのもかなりむずかしいから、買いに行こうか」

お母さんはぼくに、

「おまえも行く？　ノートとか鉛筆《えんぴつ》も買っておかないと」

と聞いた。ぼくはあわてた。

「いい。お母さんが買ってきて」

以前のぼくは、ほとんど毎日、店へ寄っていた。店で友だちと待ち合わせたり、すみにある小さなベンチで本を読んだりした。ぼくはもう、２週間も店へ行っていない。

奈津子が横目でぼくを見た。

「おにいちゃん、お店のおばちゃんにしかられること、したんじゃないの」

「うるさい、だまれ」

胸がヒリヒリと痛んだ。


クリスマスまであと数日。

ぼくは台所の引き出しから、緑の花もようの紙をだした。お母さんがためている包《ほう》装紙《そうし》の１枚だ。奈津子がのぞいた。

「それ、どうするの？」

にらみつけて自分の部屋へ入った。包装紙で図鑑を包み、それを持って外へ出た。

北風が横から吹きつけ、自転車のハンドルをにぎる手がしびれた。今年はじめての粉雪《こなゆき》が、目に入ってとける。

店に着いた。おばさんは熱心にミシンをかけている。手さげ袋の注文でもあったんだろう。品物が消えたタナは、殺風景《さっぷうけい》だ。

ぼくは図鑑の包みを、入り口の横に置いた。(誕生日《たんじょうび》に、同じ図鑑を買ってもらえばいいか)と思ったが、さみしかった。人が使ったあとがある、この図鑑が好きだった。それに値だんが高いから、誕生日だといっても、2冊一度には買ってもらえない。

翌日、学校から帰ると、庭石の上に、赤いチェックの紙包みがあった。宅配便《たくはいびん》かな。でも伝票《でんぴょう》がない。よく見ると、紙の上に「昭夫《あきお》くんへ」とある手紙みたいなものが、たたんでついている。ぼくは広げて読んだ。

「昭夫くん、いつもお店にきてくれて、ありがとね。これは古い本だけど、よかったら持っていてください。本もたぶん、昭夫くんのそばにいたいはずよ。元気でしっかり勉強してね」

とあった。チェックの紙をやぶくと、ぼくがかえした2冊の図鑑が入っていた。

ぼくは自転車にとび乗った。今すぐ、店のおばさんに言わなければ。

「またいつか、お店をやってね。どんなにちっぽけでもいいからさ。ぼく、待っているよ」

と伝えたかった。

本家のばさま

口やかましい本家のばさまが入院した。こたつ布団ですべって転び、足首を骨折したのだ。日曜日、ぼくはお父さんとお見舞《みま》いにむかった。

「本家と分家って、親子みたいだね」

「まぁな」

同じ市内に住む本家の息子一家は、転勤《てんきん》で遠くにいる。本家には70才をすぎたじさまとばさましかいないから、用があるとお父さんがよばれる。柿の木を切ってくれ、冷蔵庫《れいぞうこ》を新しく買うから一緒《いっしょ》に店に行ってくれや、とか。ばさまはぼくの顔を見るたびに、

「しっかり勉強しているか。弱い者いじめしたら、承知《しょうち》しないぞ」

とうるさい。

「昔、おまえのひいじいちゃんは、本家から土地をもらって、家を建てたんだよ」

だからうちは「分家」というわけだ。

ばさまの病室は3人部屋だったが、この部屋に入院しているのはばさまひとりだった。花もようのパジャマのばさまはかわいく見えた。看病役《かんびょうやく》のじさまは缶コーヒーを手に、くつろいでいる。どこかのおじさんがジャンパー姿で、すみにいた。

「ばさま、足はどう？」

「おう、裕司《ゆうじ》も来たか。なに、明日にでも退院さ。ギプスをしたまま、じいちゃんをこき使うのが楽しみだな」

と、バリバリ元気だ。

毛布の下のばさまの足は、ギプスのせいでこんもりと太い。

「おまえたちが来るすこし前に、こちらの方が見えてね。どんな用事か、今おたずねしようとしていたんだ」

じさまは首をかしげ、見知らぬおじさんに目をやる。おじさんはためらいがちに、口をひらいた。

「――とつぜんお邪魔《じゃま》して申し訳ありません。わたしは小松という者で、峰《みね》に住んでいます」

峰、というのは山の方の地名だ。

「去年の5月、失業《しつぎょう》しまして。住宅ローンはあるし、大変困りました。家内の仕事先の会社も倒産《とうさん》で――。ふたりの失業手当てだけでは生活費もたりなくなりました」

「はぁ」

みんなあっけにとられ、聞いていた。

「去年の秋です。娘の修学《しゅうがく》旅行があるのに、新しい服や靴《くつ》を買う余裕《よゆう》がなく、どうしようかと毎日悩《なや》んでいました」

ばさまの顔をじっと見つめながら、小松さんは続ける。

「ところがある日、20キロのお米が届いたんです。となり町の米販売店からでした。どこかのおばあさんが店にきて、ここへ配達してくれとお金を払ったとか。その時あずかったという封筒も、わたしてくれました。中には『娘さんのために使ってください』というメモとお金が入っていました」

「それがうちと、どんな関係があるのかね」

じさまは目をパチクリ、ばさまのほっぺたがさくら色に染まり、手を組んだりほどいたりしている。

「――やむにやまれず、そのお金は娘の修学旅行の用意に使わせていただきました。神さまから助けてもらったと、自分勝手に思いました。わたしはそのあと、就職《しゅうしょく》できまして、先日、同級会があったんですが――」

他人の前で家庭の事情《じじょう》を話すのは、言いにくいのだろう。何回もつっかえながら、話を続ける。

ばさまは不意に毛布を引っぱりあげて、顔をかくした。

「――昔からの友だちと苦労話をしながら、お米とお金の援助《えんじょ》がどれほどありがたかったか、つい打ちあけたんです。するとその人が、『となり町の米の店？　そういえば塚田のばさまが店にいるのを、去年の秋に見たな。ばさまの家は田んぼが何枚もあるよ。人の手を借りて米を作っているのに、変だな、って思ったよ』といいまして

――。お聞きしてみようと、来たのですが――」

ほっとした顔で、おでこの汗をふいた。

へーぇ、信じられない。つまり、ばさまが人助けをしたってこと？

でも、じさまはいきなりのけぞって笑いだし、毛布ごとばさまの頭をなでた。

「そうか。オレの酒は安い品にして、ばさまはこっそりサンタクロースになっていたんだな。さすが、オレんちのばさまだ。オレはうれしくて、ピョンピョン踊《おど》りだしたいよ」

ばさまも笑ったのか、毛布の山がゆれる。

「ああ、やっぱり、こちらのおばあさんでしたか。何とお礼を申し上げたらいいのか」

小松さんの目は赤くなった。

その時、ドアから黒いコートのおばさんが、顔をのぞかせた。おどおどしながら、ピンクのバラの花束を命綱《いのちづな》のようににぎりしめている。おびえたようにみんなを見ながら、

「あのう、こちらは塚田さんのお部屋ですね？　わたし、塚田さんに、おたずねしたいことがありまして――」

その口調は、小松さんとそっくりだ。

「さぁ、どうぞどうぞ。ご遠慮《えんりょ》なく」

お父さんはにこにこし、

「どうやら、ばさまのお客さんらしい。さ、オレたちは帰るよ」

と、ぼくの背中を押した。

白内障《はくないしょう》

自宅の前で足をとめ、チラッととなりの家を見た。マズイ!! やっぱりすず子ばあちゃんがいる。ベンチに腰をかけ、あたりを見まわしている。

「英君《ひでくん》、どこへ行ってきたの」

「公園でサッカー、やっていたんだ」

ぼくは大あわてで家にかけこんだ。おばあちゃんときたら、網《あみ》を張るクモだ。つかまったら最後、友だちやテストの成績までうるさく聞いてくる。

「となりのおばあちゃん、アタマ変だよ。誰にでもやたら話しかけてさ。きのうは『クラスの先生、30才で独身《どくしん》だよね。どんな女性が好きか聞いてくれや』だってさ」

「人のお世話をするのが好きなんだよ。今まで3組も縁談《えんだん》をまとめたのが自慢《じまん》なの」

お母さんは笑ってばかりだ。

次の日から数日、おばあちゃんの姿はなかった。ほっとしながら、少し気になる。

「すず子ばあちゃん、旅行なの？」

「家にいるわよ。夜、電気がついているし。でも、ちょっと見てくるね」

お母さんは夕飯のしたくをやめ、出かけた。もどってきた顔は深刻《しんこく》そうだ。

「おばあちゃん、目の手術をするの。何年も前からの白内障が、かなり悪くなったとか」

「ハクナイショ？　何それ？」

「目がかすんでくるの。目のレンズを人工のレンズと交換《こうかん》する手術は20分くらいですむし、安全なの。日帰りでできるのよ」

「どこの病院でやるの」

「大阪だって。息子さんがいるし、手術したら息子さん一家と同居するんだって」

「よかったね」

ここ長野と大阪は遠い。

「とんでもない」

お母さんはキッとした目で、

「おばあちゃんはここに50年も住んでいて、友だちも多いの。ずっとこの家にいたいの」

「そうかもね」

「大阪へ行くのがいやで、しょんぼりしていた。病人みたいよ」

お母さんは以前、白内障の手術をした知人に電話をした。手術前日と当日、その後の通院につきそいが必要。万が一転ぶとレンズがとびだして再手術になると聞いた。

夜、お母さんは真剣《しんけん》な顔で、口をひらいた。

「私、パートの仕事を休んで、おばあちゃんの手術のお世話をする。協力してね」

「そうか。いい考えだよ」

とお父さん。

「おばあちゃんはいつも私たちを助けてくれたよ。私が盲腸《もうちょう》で手術した時も、毎日料理を作って持ってきてくれたわ」

そうだった。ぼくが気管支炎《きかんしえん》で学校を休んだ1週間、お母さんは半日しか仕事を休めなかった。おばあちゃんはおやつ持参でやってきて、カレーを作り、草とりもしてくれた。

7月半ば。おばあちゃんは息子さんとお母さんにつきそわれ、手術をした。夕方、帰宅したお母さんは、晴れやかな笑顔だ。

「手術は無事にすんだよ。おばあちゃんは今、自分の家で眠っているよ。手術のあと空も花もこんなにきれいだったなんて、感激《かんげき》してた。今は眼帯《がんたい》をしているけどね」

30分後、大阪の息子さんが来た。おばあちゃんの2倍は体重がありそうだ。大きな、プラスチックの寿司桶《すしおけ》を持っている。

「このたびは、本当にお世話になりました。これはせめてものお礼の気持ちですが」

と寿司桶をお母さんにわたした。透明《とうめい》な丸いふたの下には、真っ赤なエビやイクラが、花畑のように並んでいる。

「わっ、すげえ！　こんな御馳走《ごちそう》、はじめて見た」

声をあげると、おじさんはふきだした。

おばあちゃんはもう片方の目も、半年後に手術をする。おじさんはその時も、お寿司をくれるかな。おじさんに頼んでおけばよかった。ふたつめのエビを食べながら、思った。


今日から2学期。

夏休みの工作を持って家を出た。となりのベンチにおばあちゃんがいる。白い帽子《ぼうし》に涼しそうなスカート姿で、別人かと考えた。

「目の手術をしたら、自分もなかなか美人だって気がついたよ。これからおしゃれをしたいよ」

と、すこし恥ずかしそう。その目は、どこにレンズが入っているのかわからない。

「そうだよ。おばあちゃん、とってもきれいだよ。でも、転ばないように気をつけてね」

「ハイハイ。心配してくれてありがとよ」

「ねぇ、いつか大阪へ行っちゃうの」

おばあちゃんが引っ越してしまったら、どんなにさみしくなるだろう。

「行くもんか。ここがあたしの故郷《ふるさと》だもの。ところで、先生に聞いておくれ。病院にすてきな看護士《かんごし》さんがいてね。もう名前もおぼえたよ」

目が、キラキラとかがやく。

「きっと、ウェディングドレスが似合うよ。先生のお嫁さんにピッタリ、だよ」

竹の女神さま

　伸行《のぶゆき》のおじいちゃんは、竹林《ちくりん》を持っている。この竹林を通って新しい道路を作る計画があり、あと3カ月で工事が始まる。

「役に立たない土地が売れて、よかった。土地の金は、家を建てる足しになるしな」

　お父さんの顔はゆるみっぱなし。

　たしかに築40年の木造の家は、とっくに建てかえの時を過ぎていた。風呂場《ふろば》はカビがのさばり、黒ずんでいる。窓わくもゆがんで、すきま風がひどいし、食事をする六畳の茶の間は、テレビを置くとせますぎる。

「バカいうんじゃない。ご先祖《せんぞ》さまの土地を売って、何がいいものか」

　おじいちゃんはギョロリとした目で、お父さんをにらみつけた。

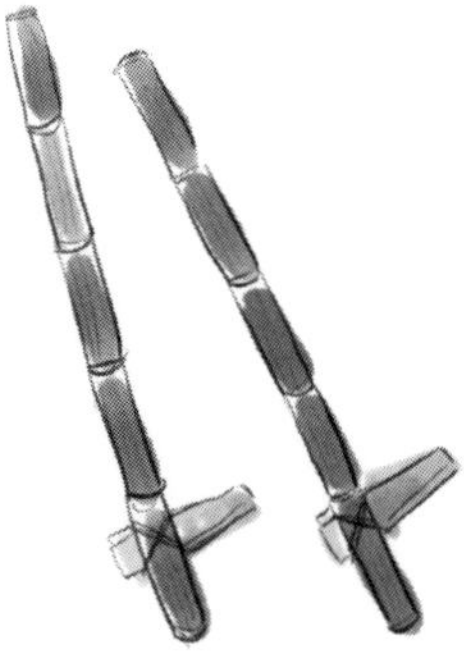

「だけど、竹なんてじゃまなだけだよ」

仲行は家の新築《しんちく》が楽しみだ。新しい家は、これから何カ月かかけてモデルハウスをまわって勉強し、来年に建てる予定だった。

「それに、竹の子を送るのもお金がかかるって、お母さんが文句言ってるよ」

春に出る竹の子は、家族では食べきれない。遠くの親類《しんるい》へ送る送料《そうりょう》が1万円以上する。送ってもらう親類だって迷惑《めいわく》なはずだと、竹の子料理のきらいな仲行は思う。

次の日、仲行はおじいちゃんにくっついて、家からはなれた竹林へ行った。

「戦争のあとは食べ物がなくてな。サツマイモが半分入ったご飯とか、ゆでたジャガイモを食べたもんだ。子供だって、栄養のあるイナゴをつかまえて、食料にしたよ。その時代に竹の子なんて、すごいごちそうだったよ」

終戦の年、5才だったというおじいちゃんは、

「町の人はリュックをしょって竹の子を買いにきたって、亡くなった親から聞いたよ。風呂をわかしたり飯をたいたりと、竹は貴重《きちょう》な燃料《ねんりょう》にもなったな」

と、昔を思い出している。

「そういえば、七夕の時は、この竹を近所に配ったよね。保育園にも毎年、持って行ってあげて、よろこばれたし」

伸行はまっすぐ伸びた竹を見上げた。

湖《みずうみ》のように見える6月の青い空。ふと目まいがした。

竹林を出たおじいちゃんは、ちょっと驚いた。目の前に知らないおばあさんがいた。

顔はしわだらけだが上品で、やさしくほほえんでいる。真っ白な髪《かみ》は、銀の冠《かんむり》のよう。いまどき珍しい着物が、すずしげだ。

「こんにちは」

おばあさんはにこやかに言った。

「はぁ、こんにちは」

おじいちゃんはまごまごして答える。

「りっぱな竹ですね。お手入れもゆきとどいて、美しい竹林ですこと」

「なぁに。竹なんか、今の時代にじゃまですよ。ここはもうすぐ、道路になります」

「いえ。竹は今でも役に立ちますよ。たとえば竹馬を作って、小学校に寄付するのはいかがでしょう。このごろの子供さんは、竹馬を知りませんからね」

女王様のように、銀色の髪がかがやいた。

「竹馬、ですか」

「ええ、それに竹のベンチを作って、ご自分の庭にならべて売るのもいいですね」

「そうだよ。竹馬とベンチ、学校にプレゼントしてよ」

伸行はとってもいい考えだと感心した。

「おじいさんは、きっと作ってくれますよ」

おばあさんはふたりにむかってほほえむと、杖《つえ》をついて歩いていった。


おばあさんに魔法《まほう》をかけられたおじいちゃんは、1日中竹林にいる。ノコギリで竹を切り、汗だくで働く。竹林の近くに住む古家《ふるや》さんが、電動ノコギリで手伝ってくれるようになった。作業は急ピッチですすんだ。

「もう50年もうまい竹の子をもらったからね。そのお礼だよ」

といって、自分も竹の炭を作るために、何本かの竹を持って帰ったそうだ。

3メートルほどに切った太い竹は、お父さんが軽トラックで家に運んだ。家の横の畑にひもでしばった竹を積み、シートをかぶせた。

ある日、伸行の担任の先生が、おじいちゃんに電話をかけてきた。

「クラス全員で竹の花入れを作りたいのですが、竹をいただけないでしょうか」

「いいですとも。いくらでも使ってください。学校まで持っていきます」

おじいちゃんは大喜びだ。

竹林に大型のバックフォーがきて、地面を掘りかえしている。おじいちゃんは竹馬を作るのに忙しく、道路工事を見にいくひまはない。竹馬はとりあえず15組を完成させて、学校に寄付するという。その後も作るとか。

伸行は竹馬乗りを練習中だ。これが、ほんとにむずかしい。おじいちゃんが先生で、ひょいと竹馬に乗り、走ったり植木をまたいだりする。

不思議なのは、あの日会ったおばあさんのことを誰《だれ》ひとり知らないことだ。竹林へ向かう一本道のわきに畑がある古家さんは、何回も首をかしげる。

「あの日はずっと畑にいたよ。あんたたちのほかに誰も見なかったし、道を歩いても来なかったぞ」

するとおじいちゃんは、うやうやしく答えるのだ。

「あれは、竹の女神さま、だった」

山の家

夏休みになった。

両親と山の家のおじいちゃんは、遠くにいる親類《しんるい》の結婚式《けっこんしき》に出席のため、お父さんの車で出発する。式のあと何日か、観光地をまわる。ぼくは8日間、山の家に泊まるのだ。

「山のおばあちゃんは、いつもお肉を出してくれるもんね」

毎日、野菜を食べなくてもしかられないよ。親が留守《るす》って最高だなぁ。

「ここのご飯はトンカツや焼き肉がでるはずなのに――」

山ですごす5日目の昼。ぼくは知らなかったが、おじいちゃんは出かける前、足を

ねんざしていた。車で買い物に行かれず、冷蔵庫《れいぞうこ》には冷凍《れいとう》の肉がすこしと、卵があるだけ。それも食べてしまった。

昨日からは野菜の煮物と野菜の天ぷらだ。近所は田んぼばかり。おばあちゃんは運転ができないから、店に行くことは無理だ。

今日の昼はナスのおやきだとか。畑には大嫌《だいきら》いなナスが丸々として育っている。おばあちゃんは蒸したおやきを10個も皿にならべ、持ってきた。

「さぁ食べて。わたしのおやきは日本一だよ」

ナスなんか食べるもんか。

「ぼく、自分の家に帰る。冷凍のチャーハンやパンがあるよ。それを食べて、お父さんたちの帰るのを待っている」

「ええっ、そんな、ダメダメ。そりゃ、ろくなおかずがなくて悪いけど」

「だいじょうぶ。電車にのるお金もあるし」

おろおろしてとめるおばあちゃんを無視《むし》。リュックに荷物をつめこんだ。

駅までの山道を歩いて30分。太陽は燃えあがり、地上の生き物を焼きつくすようだ。

汗が首や背中をながれた。激しい頭痛《ずつう》と吐《は》き気におそわれ、おそろしくなった。どうなっているんだ？　体がゆれ、目の前がぼやけて、道ばたのベンチに座りこんだ。

「…あのう、もしかして耕平君《こうへい》？」

必死に目をあけると、和枝《かずえ》みたいだ。

「やっぱり耕平君だ。あれ、どうしたの？」

和枝は道に転がり落ちるぼくをささえ、

「おじいさーん、早くきて」

とさけんだ。だれかがぼくをかかえ、家の中へ運んだ。

「体が熱い。熱中症《ねっちゅうしょう》だ。和枝、大きなコップに水と氷を入れて持ってきて。氷水の入った洗面器とタオルも」

あわただしい声。

おじいさんは早口で言いつけ、扇風機《せんぷうき》の風をぼくにあてた。そして氷入りの水を飲ませ、冷たいタオルで首や手足を何度もふいてくれた。ぼくはふたりの顔がやっとハッキリ見えてきた。

「オレは和枝のじいちゃんだ。おまえは関《せき》さんちの孫だな。ばあちゃんが楽しみにして待っていたっけ」

太い眉《まゆ》毛《げ》の日焼した顔がのぞきこむ。

「この暑い中、どこへ行くつもりだった？」

「ぼく、野菜が大嫌いなんだ。だけどおばあちゃんちは、野菜料理ばっかりだもん」

「それで逃げ出したんか。このバカタレ!!」

「だって――」

「水も持たずに35度の日中歩くなんて。近所でもうふたりも入院したぞ。熱中症でな」

にらみつけられて、すくみあがった。

「和枝、梅干しのむすび、つくれるか」

「うん、まかせて」

1年生2年生と、ぼくはクラス長だった。3年生になったこの四月、和枝がえらばれた。ぼくの方が適任《てきにん》なのに。くやしくて和枝のランドセルについていた赤い鈴をもぎとり、捨ててやった。よろけたふりで足をふんでやったこともある。和枝はいい子ぶって平気でいた。よけい腹が立った。

和枝がすこしくずれた形のむすびを、ふたつ運んできた。あわててかじりつく。

「ガツガツしないで、よくかんで食べろ」

おじいさんは笑った。ふと和枝を見てゲェッ。指をかじりそうになった。和枝ってこんなにかわいかったっけ？

「オレは日本が太平洋戦争に負けた年に生まれたよ。日本中おなかがすいていた。白いご飯のむすびなんて、夢の夢だったらしい。その年、3歳の姉ちゃんが肺炎で亡くなったそうだ」

おじいさんは肩をおとした。

「死ぬ前、オレの母ちゃんはやっともらった砂糖《さとう》を姉ちゃんの口に入れてやったって。『おいしい』とにこっとして、目を閉じたって。オレは今でも姉ちゃんに、ケーキやプリンを食べさせてやりたかったって、思うよ」

ぼくはうつむいた。

「さてと。そろそろおばあちゃんちに行くか。車で送っていくよ。うちの肉も持っていけや」

そうだ。おばあちゃんはきっと、駅からの坂道をじっと見つめている。涙をいっぱいためた目で、祈《いの》るように両手をにぎって――。

「わたしも、おばあちゃんのおうちまでいっしょに行ってあげる」

髪《かみ》に水色のリボンをむすんだ和枝の笑顔。ぼくはまぶしくて、まばたきをした。

祖父母参観日《そふぼさんかんび》

6月の祖父母参観日が近づいてきた。

去年のその日、おじいちゃんときたら、よごれた作業ズボンで教室にかけこんできたんだ。

「おくれてごめん。浩太《こうた》、じいちゃん、すっかり忘れていたよ」

田んぼから走ってきたのか、真っ赤な顔が、汗《あせ》と土だらけだ。友だちはゲラゲラ笑いだし、参観のおばあさんたちは目を丸くした。

滝沢《たきざわ》先生だけはにっこりして、

「よかったわね、浩ちゃん、おじいさんがいらして」

といってくれた。

今年の参観日、おじいちゃんは食中毒《どく》か、ぎっくり腰になってくれればいいのに。

ところがおじいちゃんは68才だけど、クマのように元気で、岩のようにがんじょうだ。


祖父母参観日の朝、ぼくは念をおした。

「去年みたいな作業服でこないでよ」

「わかった。うるさいぞ」

おじいちゃんはギョロリと目を光らせる。

今日の参観は体育で、祖父母対生徒のドッジボールだ。校庭に集合した20人以上の祖父母は若々しく、服もおしゃれだ。農作業、マレットゴルフ、山菜採《さんさいと》りといつも体を動かしているからだろう。

うちのおじいちゃんは黒のジーンズに紺《こん》と白の横じまのシャツで、ほっとした。きっとお母さんが助言《じょげん》をしてくれたのだ。

「オイ、浩太、給食いっぱい食べたか」

やせっぽっちのぼくに大声でいうので、無視《むし》した。まったくはずかしい。

先生があいさつをし、試合開始。

ぼくたちはスポーツが得意な高志《たかし》や勇紀《ゆうき》にボールを送り、おばあさんの足元をねらった。作戦があたって1セットは勝利。2回目、今もシルバーチームで野球をやっているうちのおじいちゃんから、強烈《きょうれつ》なボールがきた。受けることも逃げることも無理だ。おじいちゃん連中は右を見ながら左に投げて、ぼくたちを遠慮《えんりょ》なくやっつけた。おばあちゃんは、「それっ」「こっちだよ」とさけぶ。子供チームは2回目3回目とあっけなく負けた。

「子供たちはもっと努力しなきゃね。みなさん、ありがとうございました」

先生の髪《かみ》もおでこに張りついている。これから教室で祖父母のこんだん会がある。

駐車場を歩くと、びっしりと車がならんでいた。おじいちゃん専用の軽トラックが目の前だ。ぼくの横を歩いていた先生が突然、

「あっ」

と、高い声をあげ、運転席にまわると、ハンドルの上の人形を、穴のあくほど見つめた。赤い帽子《ぼうし》と赤いスカートの布の人形で、亡くなったおばあちゃんの形見《かたみ》の品だ。

先生は緊張《きんちょう》した顔で、

「この車、どなたのものでしょうか」

ふるえる声で聞き、おじいちゃんおばあちゃんの顔を見た。まるで別人のようで、
ぼくはあっけにとられた。

「うちの車だが、なにか?」

おじいちゃんが近づいた。

「浩ちゃんのおじいさま、だったんですね。あの時は、ほんとうにお世話になりました」

先生は深く頭をさげる。

「はぁ、いったい何の話です?」

「2年前の3月、大池キャンプ場で、私を助けてくださいました」

「2年前、3月?」

おじいちゃんは首をかしげるばかり。

先生はまわりの大人やぼくたちにも聞こえるように、声を大きくし、

「私は車で、キャンプ場のある山をこえて、むこうの町へ行く途中《とちゅう》でした。町にはおばがいて、今まで何回も走った道だったんです」

カーブが多いあの道だ。五月におじいちゃんとたらの芽を採《と》りにいったら、北側の日陰《ひかげ》に、よごれた根雪がすこし残っていたっけ。

「ところが、キャンプ場からのぼる道は、ヨーグルトみたいにどろどろになっていました。3日前に降った春の雪が、とけたんですね。タイヤは空まわりをして進めないし、携帯《けいたい》電話の電池はないし、ただもうこわくて――」

「ああ、思いだしたよ」

と、おじいちゃん。

「その時、こちらのおじいさまが通りかかって、助けてくださったんです。タイヤの下に板をしいたり、ご自分の車と私の車をロープでむすんで、引っ張ったり」

「そうか。あの時の娘さんが、浩太の先生だったのか」

「たっぷりしかられました。すぐ夜になるというのに、人も通らない山道を行くなんて、と。いつも毛布や飲み水も入れて、用心をしておくもんだ。スマホも充電《じゅうでん》しておかなくっちゃ、と」

おじいちゃんはもぞもぞと体をちぢめる。顔が赤い。

「おじいさまはご自分の名前を、おっしゃいませんでした。私はこの車のナンバーをしっかり覚えたんです。最後の数字は９３。久美《くみ》は私の母の名前です。運転席の赤いお人形も見ておきました。いつかお目にかかって、もう一度お礼をいいたいと思って
――」

先生は今にも泣きそうだ。マズイ!!

ぼくはこぶしをつきあげた。

「うちのじいちゃん、日本一！」

3年2組へお届けもの

転校して2カ月半。登校班のグループの中で、真紀《まき》はふっとため息をついた。

(あたしって、何の才能もないんだな)

5年生の兄、達也《たつや》はサッカー、野球がとくいだ。特技は新幹線《しんかんせん》の知識で、どこの県でどんな新幹線が走っているか、全部知っている。もう友だちも何人かできたとか。

(あたしは運動がきらい。人の前で話すのも苦手だし、仲良しもできない)

以前、柔道《じゅうどう》選手だった菅原《すがわら》先生もすこしこわい。天を向いてつっ立っている髪《かみ》。その髪をかきまわすのがくせだ。首も木の根っこみたいに太い。真紀はうつむいてつぶやいた。

(お父さんが転勤《てんきん》なんかするからいけないんだ)

教室で席についた時、ダンボール箱をかかえた校長先生が、ドタバタとやってきた。

「菅原先生、ちょっといいかな」

「ハイ、何かありましたか」

「今、知らないお年寄りがいらしてね。『この箱を3年2組の真紀さんにわたしてください』といって、帰られたんだよ」

ええっ、わたし？　いきなり自分の名前がでてきて、真紀はぎょっとした。

「きっとゲームだ‼」

うれしそうな男の子。

「わーい、お菓子かな」

声をあげる女の子。

「危険物《きけんぶつ》ではなさそうだ。軽いな」

先生はダンボールの布テープをとり、中の品を持ちあげた。

「これは飼育箱《しいくばこ》、かな？」

それは横長の飼育箱だった。底には数センチの深さで土がしきつめてあり、木の棒《ぼう》やキュウリが置いてある。

「あれ、これは、もしかして」

真紀は首をのばした。やっぱり。前の学校で育てていた鈴虫のセットだ。

「手紙があるよ」

先生は紙をとりだした。

「読むぞ。『真紀さんとクラスのみなさんへ。私はこの3月まで真紀さんの担任だった山口です。この飼育箱の中には鈴虫の赤ちゃんがいます。クラスの宮崎《みやざき》君のおじいさまは毎年6月に、鈴虫をクラスに届けてくれます。孫の勇一《ゆういち》君は鈴虫の飼育部長、真紀さんはクジで副部長になり、ふたりは熱心に世話をしてくれました』」

真紀は思い出した。生徒のお姉さんみたいだった先生。遠足の日は手作りのクッキーを全員にくばってくれた。少しでも時間があるといそいそと、世界の名作をとりだす。『しあわせな王子』『人魚姫《ひめ》』は真紀も大好きだ。

菅原先生はゆっくりと続きを読む。

「『先日、おじいさまは教室に鈴虫の赤ちゃんを持ってきてくれました。すると勇一君が〝先生、真紀ちゃんの転校した学校は、町の中だよね。鈴虫なんか誰も知らないよ。クラスにあげたら、きっと喜ぶよ。うちにはまだ何十匹もいるしさ〟と提案《ていあん》してくれ、ほかの生徒も大賛成《さんせい》でした。そこにいらしたおじいさまは〝よーし、その学校まで届けるよ。なに、車で1時間だ〟といってくださいました。みなさんが鈴虫をかわいがってくださることを願っています。山口』」

「わ、鈴虫だって」

「見せて見せて」

すぐに大さわぎになった。真紀がのぞくと、いたいた。ちっぽけな鈴虫が触角《しょっかく》をゆらゆらさせ、止まり木にいる。みんなも押しあいながら飼育箱をとりかこんだ。

「これが鈴虫？　体はアリより小さいね」

「何匹いるんだろう」

と、びっくり声。

（山口先生、勇一君もみんなもありがとう。私のこと、おぼえていてくれて——）

しあわせな思いで真紀は背中をのばす。

「鈴虫は何回も脱皮《だっぴ》して、８月10日頃鳴きだすの。10月のおわりまで、元気で鳴くんだよ。エサとキュウリやナスを食べるの。仲間どうしけんかをしないし、とってもかわいいの」

真紀は急に真っ赤になった。自分が信じられない。名前もまだ覚えないクラスメートの前で、こんな大声で、こんなにしゃべるなんて——。

菅原先生は頭をガリガリかくと、

「そうだ。真紀さんに鈴虫の育て方を教えてもらおう。今から真紀さんを〝飼育部長〟に任命する。部長さんの言いつけを、みんなしっかり守るんだぞ」

「はい」

「はーい」

ガヤガヤと声があがる。

「わたしが副部長よ」

「バカいうな。副部長、はオレ」

はやくももめはじめた。

「まぁ待て。副部長、はクジで決めよう。校長先生もおひまな時に、ここへおいでください。鈴虫が待っていますよ」

顔がくずれそうな先生の笑い顔。鈴虫の飼育箱を手に、世界一の宝物をもらったようだ。真紀はまだ赤いほっぺたをしたまま、おずおずといった。

「わたし、あのあの、鈴虫部長、やります」

からあげの日

校庭の桜のつぼみが、濃《こ》い紅色になった。あと数日たてば、空をおおいつくして花が咲くだろう。なのに京子《きょうこ》の心は重かった。

「こまったなぁ」

ため息がでた。

2年間、クラスの担任だった石坂先生は、この4月から新1年生の担任になってしまった。京子たち3年2組は、30才くらいの男の先生である。がっちりした体格の無口な竹内先生は色が黒く、四角な顔はどこかの銅像《どうぞう》に似ていた。給食を残そうものなら、どんなにしかられることか。

ふたりの子供の母親でもある石坂先生は、

「給食を全部食べられたらいいけどね。誰だってひとつくらい、きらいなものがあるよ。そういうのは、友だちにプレゼントしましょう」

と、笑っていた。

だから京子は安心して、トリのからあげをとなりの席のまもるに「プレゼント」できた。まもるは大喜びだった。以前、京子はお母さんのおいしいからあげを食べすぎた夜、激しい腹痛《ふくつう》をおこした。それからというもの、からあげがこわい。あんな痛みはごめんだ。

「わたしだって、まもるちゃんのもずく、食べてあげるもん」

まもるが見るだけで熱がでる、というもずくの酢《す》のものを、京子は好きだった。

今日の給食では3年生になってはじめて、からあげがでる。しかもデザートはもずく。

お母さんは朝、京子の肩をポンとたたき、

「からあげがダメってこと、先生に話したら？　きっとわかってくれるよ」

と、はげましてくれたけど——。

校舎の入り口で待っていたまもるが、

「なぁ、からあげなんか、無理して食べることないよ」

と耳うちした。

「じゃ、どうしたらいいの」

「先生の見てないスキに、机の引き出しに放りこむんだ。あとで捨てればいいよ」

給食の時間。京子はあれこれとまよっていた。メニューはご飯、牛乳、煮物、トマトをそえたからあげがふたつ、もずくだ。先生を見ると、下を向いてはしで料理をつまんでいる。2列はなれた席のまもるが、振り向いた。目をパチパチさせ、早くしろと合図《あいず》。

京子は決心した。机の引き出しをあけ、からあげを中に落とした。続いてもうひとつ。よし、うまくいった。ほっと安心。

まもるはそれを見るとうなずき、自分のお盆に目をもどした。信念でにらんでいれば、どろどろした気味の悪いもずくが消える、と信じているようだ。

5時間目の国語。

京子はさっきから心配で、胸がドキドキしていた。まもるの様子が変だ。助けてくれ、というような目で2、3回京子を見る。歯をくいしばり、苦しそうな顔だ。お腹《なか》が痛いのだろうか。突然まもるは「ウッ」とうめくと、口をおさえた。

京子はガバッと立ち上がり、大声で、

「先生！」

と叫んだ。

「まもるちゃん、気分が悪いみたいです。わたし、トイレに連れていきます」

まもるに近づくと必死で体を持ちあげた。


男子トイレから出てきたまもるは、元気になっていた。トイレで吐《は》いたらしく、口のまわりが汚れている。

「死にものぐるいで、がまんしていたよ。授業中、トイレに行くなんてはずかしいもんな」

廊下《ろうか》で待っていた京子は、

「よかったね。教室で吐かなくて。でも石坂先生、前にいってたよ。おとなだって大事な会議のさいちゅうに、トイレにかけこむことあるって」

そこへ竹内先生が走ってきた。

「どうした？　だいじょうぶか」

「ハイ。ぼく、もずくを食べると、胃袋《いぶくろ》がさか立ちする気分なんです。今日は無理してエイって飲みこんだら、ムカムカしてきて」

「まもるはもずくがダメって、クラスのみんなに聞いたよ。知らなくて悪かったな」

先生の顔がほころぶと、思いがけずやさしい目になった。やさしくて、子供の味方になってくれるような――。

京子はポロッといってしまった。

「先生、わたしは、からあげがダメなんです」

先生がゲラゲラ笑った。

「わかっているよ。さっき机の引き出しにかくしたじゃないか。うまいことやったなって、感心していたんだ」

キー・ホルダー

学校の帰り道。ふと弘一《こういち》のランドセルを見た。キラキラと青くかがやくものがある。最新式の新幹線《しんかんせん》のキー・ホルダーだ。ぼくと弘一の熱烈《ねつれつ》な趣味《しゅみ》は、新幹線をふくむ列車だった。

「ワオ!!　かっこいいキー・ホルダーだ」

「いいだろ！　おじさんのお土産《みやげ》なんだ」

弘一はとくい気にランドセルをゆらした。

「なぁ、ぼくにくれよ。ほしいな」

「ダメ。宝物だもん」

「くれよ。汽車の貯金箱、やるからさ」

「いらない。そんなもん」

ムカつく。汽車の貯金箱はおじいちゃんが旅先で見つけ、ぼくにくれた。古い汽車の形で、真っ赤なえんとつから硬貨《こうか》を入れる。中はまだ空《から》だ。

「へーえ。こんなオモチャでいばってさ」

足をけると、弘一はよろけて膝《ひざ》をついた。その体をおさえつけ、キー・ホルダーのとめ金をはずした。怒《いか》りのままに、道の横の畑に手の中の品を放り投げた。小さなキー・ホルダーは流れ星のようにきらめき、腰《こし》まで伸びた野沢菜《のざわな》の中に消えた。

「何するんだ!」

弘一は畑に走りこんだ。ぼくは動けなかった。

やがてズボンと靴《くつ》を土だらけにした弘一が、野沢菜をかきわけて出てきた。キー・ホルダーを見つけるには、畑は広すぎた。弘一はにくしみに燃える目でぼくをにらみつけた。

翌日の朝、ひどい頭痛《ずつう》と寒気《さむけ》で目をさました。11月なのにスキー用のウェアを着てお母さんと内科へ。インフルエンザと診断《しんだん》。熱は38度だ。マスクから目だけ出したお

医者さん、

「まぁ、熱がさがって登校できるまで6日だな」

のんきそうにいった。

家に帰ると熱はさらにあがり、だるくて目があけられない。弘一はお見舞《みま》いに来るかなぁ、ぼくも以前、くだものを持って見舞いに行ったもの。そこまで考え、おまえはバカかと思った。弘一が来てくれることは、もう二度とないんだ——。


熱がさがり、明日から登校オーケーと、お医者さんの許可《きょか》が出た。家に帰ると、近くに住むおじいちゃんが来た。1泊どまりの同級会があり、お土産《みやげ》の温泉まんじゅうを持って来たのだ。ぼくはこたつに首までもぐりこんだ。体のすみまでぐたっとつかれた。

「インフルエンザ、大変だったな」

「うん。同級会、どうだった？　はじめて出席したんでしょ？」

「みんなにたっぷり怒《おこ》られたよ。何で今まで来なかったんだって」

「ぼくも不思議《ふしぎ》だなって思っていたよ」

「どうしても行けない理由があってなぁ。55年の昔のことだ」

おじいちゃんは今65才。その時、なにがあったんだろう。

「ある日、親友の武夫《たけお》とつりに行った。オレはおやじの手作りの、竹にタコ糸をつけた竿《さお》だ。ところが武夫は、誕生日《たんじょうび》にもらったという、本物のつり竿だったんだ。オレはたまげたね。誕生日に何かもらったことなんか、一度もなかったしな」

おじいちゃんが生まれたのは、終戦10年後の昭和30年。テレビや洗濯機《せんたくき》はなく、村に水道が引かれたころだ。小学3年か4年になって、やっと14インチの白黒テレビが家にきた。今のトースターほどの大きさで、画面の映像《えいぞう》が動いたり歌ったりするのが魔法《まほう》のようだったという。

「魚のやつ、武夫のエサにばかり食いついてな。オレは一匹もつれない。時間とともに、もうれつに腹が立ってきた。『何だよ！　竿がいいだけじゃないか』とどなると、武夫の竿をひったくり、ふたつに折って池に投げこんでしまったんだ」

（えぇっ、おどろいた。ぼくと同じだ）

「学校でもおたがいに無視《むし》だ。だけど武夫は、親にいいつけなかった。高価《こうか》な竿をダメにしたのに、あいつの親は文句をいってこなかったよ。少しして何かの理由で、武夫一家はどこかへ引っ越してしまった。オレは引っ越し先の住所を人に聞くのも恥《は》ずかしくてなぁ。そのまま、年をとってしまった」

ザワザワ。首がざわついた。

ぼくも一番の友だちの弘一を失う？　いやだ。何十年もどす黒い後悔《こうかい》をかかえているなんて、いやだ。

「きのうは会えたの？」

「ああ。昔のことをあやまると、武夫は『おまえに会いたくて、毎年出席していたんだぞ。オレこそ連絡もしないで、悪かったな』っていってくれたよ」

ちょっと照れているが、ほっこりしたおじいちゃんの顔。今日はおじいちゃんの話が聞けて、本当によかった。

その時、決心をした。

明日登校したら、何回でも弘一に謝ろう。おじいちゃんにも正直に話して、新幹線のキー・ホルダーをさがしに、いくつもの店へ連れて行ってもらおう。
急におなかがグーと鳴った。

赤い手ぶくろ

夕暮れになると、冷たい風が吹きはじめました。友だちが帰った公園で、りえはブランコをひとりじめ。茶色の新しいブランコは、みんなでとりあいの人気だったのです。

「あたしのおうちは、公園の横よ。お母さんがよぶまで、あそんでいられるの」

紅茶《こうちゃ》色の空気をゆらして、歌うようにブランコがきしんだ時、

「ねぇ、ぼくものせて」

りえはあやうく転げ落ちそうになり、とっさにブランコの縄《なわ》をつかみました。

足音がしないのに、いきなり声がしたのです。

びっくりして見わたすと、４、５才くらいの男の子がいました。赤いチェックのシ

ャツに、黒っぽい半ズボン姿《すがた》です。

「――うん、いいよ」

男の子はぴょんととびのると、ゆっくりとブランコをこぎだしました。ぽっちゃりしたひざの、一度も見たことのない子です。

「あんた、どこの子？」

りえは年上ぶってたずねました。

「すぐ近くだよ」

男の子はにこにこして答えました。目のくりくりした、かわいい顔です。

「なんて名前？」

「たっちゃん、ていうの」

「あたしはりえ。ほら、そこのお地蔵《じぞう》さまのむこうのおうちよ」

「知ってるよ。1年生だよね」

「おどろいた。何で知っているの？」

たっちゃんは答えず、笑うばかり。不思議《ふしぎ》な子です。

風がかれ葉をまきあげ、たっちゃんはぶるっとふるえました。

「もうじき冬なのに、どうして半ズボン、はいているの？」

「だってぼく、服はこれしかないんだもん」

（夏の服しかない？　この子のお母さんは、あたたかい長ズボンとコートを買ってあげないの？）

自分の新しいカーディガンをながめ、りえはかなしくなりました。

その夜、布団《ふとん》の中でつぶやきました。

「あの子と、どこかであった気がする。あたしのことも知っているし、へんだなぁ」

いくら考えてもわかりません。おちつかない気持ちです。

次の日、一番星が光り、みんなが帰ると、曲がり角からたっちゃんが走ってきました。きのうとおなじ服をきて、息をはずませています。

「ねぇ、これ、あげる。あたしの宝物よ」

待っていたりえは、赤い手ぶくろをさしだしました。タンポポのわた毛のような、ふわふわの毛糸です。内側《うちがわ》の布は風を通しません。

去年のクリスマスの日、子供用スキーといっしょに、サンタさんがくれたのです。

「うれしいな。ぼく、遠くにいっても、きっと大事にするよ。いつまでも、ね」

たっちゃんの顔がパッとかがやきました。

「どこへいくの？　引っ越しするの？」

「ぼくも知らないところ。いきたくないけど、ほかに、ほうほうがないんだ」

りえは、なみだがでそうです。これから毎日、たっちゃんとあそべる、と思っていたのに、このさみしさはどうしたことでしょう。

手ぶくろをはめたたっちゃんと、ふたり用のブランコにこしかけ、りえはいつまでもゆれていました。

次の日の朝、登校前のりえに、お母さんが声をかけました。

「物置のゴミ袋、だしてね。きょうは三つもあるからね」

「はぁい」

ゴミの収集日にビニール袋をだすのは、りえの仕事。

お母さんとりえは、先日、おし入れを整理しました。

ビニール袋には、赤ちゃんの時のぬいぐるみやベビー服、ちっぽけな靴《くつ》がはいっています。オモチャや人形の家もあります。りえが5才くらいまであそんだ品ばかりです。

「まだつかえるきれいな積《つ》み木や服は、全部人にあげたものね。これは捨てるしかない、よごれた服やこわれたオモチャだものね」

どれも思い出があり、今まで片づけることができなかったお母さんは、やっと捨てる決心をしたのです。

りえはひとつのビニール袋をすかして見て、ドッキンと胸が音をたてました。

「あ、たっちゃんのシャツに似ている――」

急いで袋の口をひらき、立ちすくみました。チェックのシャツ、紺《こん》の半ズボンの男の子の人形――。そう、たっちゃんという名前をつけた、りえの大事なお友だち。

思い出しました。4才くらいまで、ご飯の時、眠る時、いつもかならず横に置いて、話しかけたり、ドーナツを食べさせたりしました。保育園にいく時でさえ、

「たっちゃんもつれていく」

と、べそをかいたものです。

ここ2年ほど、おし入れのどこかにしまいこんで、すっかり忘れていたのです。

「たっちゃんはあたしに『さようなら』をいいにきたんだわ。捨てられるまえに」

だきあげた人形は、ひんやりして、よごれていました。

柿《かき》ドロボー

友だちと別れて帰るとちゅう、畑の柿の木を見たぼくは、急いで家へ走った。

「おじいちゃん、大変だ。うちの柿がごっそりぬすまれているよ」

玄関から大声をだす。

「そんなバカな」

おじいちゃんはドタバタと出てきた。今の世の中、柿は人気がない。お年よりが多い村では、高く伸びた柿の木にのぼるのは危険《きけん》だ。

「ほんとだってば。自分の目で見てよ」

家族全員、柿が大好きだ。特に真冬に、冷凍《れいとう》室で凍らせた柿を、こたつにあたって食べるのは最高だ。おじいちゃんの自慢《じまん》の柿はどっしりと重く、中はゼリーのようにぷるんぷるんしている。

ぼくたちは自宅から自転車で畑へ急いだ。柿の木には無数《むすう》の柿が、宝石のようにかがやいている。ここ数日前から、やっと赤くなったのだ。

「ありゃ、ほんとだな」

地面に近い枝の柿が、きれいさっぱり消えていた。20個以上とられたようだ。

「どいつだ。オレの柿をぬすんだやつは」

許してなるものか、とおじいちゃんはあたりをにらみつけた。

ところが柿ドロボーは翌日もその翌日もやってきた。それも夜明け前にくるらしい。

「よーし、犯人をとっつかまえてやる」

おじいちゃんの怒《いか》りは爆発寸前《ばくはつすんぜん》。この柿を待っている人が何人もいる。お正月に孫がきたら一緒に食べるといって、大切に冷蔵庫《れいぞうこ》にしまう人もいる。どこにでもある柿ではない。

その朝、おじいちゃんはそっと起きて外へ出た。ドアがガタガタ開く音に、ぼくはパッと目をあけ、あわてて服を着がえた。

おじいちゃんは懐中電灯《かいちゅうでんとう》で道を照らしている。東の空はほのかに明るくなっていた。

「おじいちゃん、ぼくも行くよ。柿ドロボーをとっつかまえるなんて、楽しそう」

「起きたのか」

おじいちゃんはボソッと答えた。

畑に着くと柿の木の横の物置き小屋に入った。戸を開けたまま、トラクターの後ろで待ちかまえる。ぼくは空腹《くうふく》と緊張《きんちょう》でぶるっとふるえた。

と、足音がした。雑草をふんで近づいてくる。戸のすきまからのぞいたぼくは思わず息をとめた。かすかな光の中で、けんめいに柿の実をおとしているのはタヌキだ。子供らしく、丸い体で小さい。

「静かに」

おじいちゃんが耳もとでささやいた。タヌキは木から下りると散らばった柿を袋に入れ、引きずりながら歩きだした。

ふたりは距離《きょり》をあけ、あとをつけた。

タヌキは神社の長い石畳《いしだたみ》をぬけ、田んぼ道を歩き、一本の古いけやきの根元で姿が消えた。直径2メートル以上のけやきは以前カミナリが落ちて枯れ、中は空洞《くうどう》だった。

「ほら、おかあちゃんの好きな柿だよ」

空洞の中から子供の声がした。ゴホンゴホンと咳《せき》をしながら答える声は、かぼそく弱々しい。

「おまえに悪いことをさせてしまったね。畑のおじいさんの大事な柿なのに」

ぼくはけやきの木に体を寄せた。人間の畑や田んぼに近いこんな場所に、タヌキが住んでいるなんて。それにこの親子は、自分たちを知っているらしい。

「おかあちゃん、心配しないで。畑のおじいさんは、山のきのこが好きなんだ。ぼく、くりたけのある林を知っているよ。柿のお礼に、くりたけをとって、おじいさんちの庭に置いてくるからね」

おじいさんが合図したので、ぼくは静かにその場をはなれた。神社までくると、息を吐《は》く。

「あーあ、びっくりだよ。タヌキなんて、動物園でしか見たことがないもんね」

「わしもだ。あの子は、母親のために柿をとったんだ。何とまぁ、やさしい子だ。いいか。今見たことは秘密《ひみつ》だからな」

今日は柿をとる日だ。お父さんは高い枝にハシゴをかけ、ハサミで柿をとっていく。

「お父さん、下の枝の柿は残しておいて。ぼく、あとでとりたいから」

ぼくがたのむと、おじいちゃんはニンマリし、ウインクした。

「そうだ。わしも友だちにやる分、残しておいてくれや。その友だちはお礼に、山のくりたけを持ってきてくれるんだよ」

くりたけはいつ届くんだろうと、庭にでては見まわしているのだ。

――おかあちゃんのかぜはなおったの？　この木に残っている柿は、全部食べていいんだよ。

自分の気持ちは、きっとタヌキの子供に伝わるはず、とぼくは思った。

柿ドロボー

鈴虫おじさん

五月はじめ、自宅ちかくの庭で、70才くらいのおじさんが飼育箱《しいくばこ》をあらっていた。

「何を飼《か》うの?」

こわごわ、めいが聞くと、

「鈴虫だ」

と一言、無愛想《ぶあいそう》な返事。鈴虫だって? とたんに興味がわいた。

「鈴虫の卵をまくんだ」

卵をまく? 水みたいに?

「あのう、あたしも見ていていい?」

「ああ」

おじさんは『鈴虫の土』と印刷《いんさつ》された袋《ふくろ》の土を、あらったばかりの飼育箱に入れた。その上に別の飼育箱の土をパラパラとまいた。

「こっちの土に去年、卵をうんであるんだ」

箱に顔を寄せて見ると、長さ3ミリほどの、白い砂つぶに似た卵があった。

おじさんの名前は松下さんといった。めいの下校時、松下さんは時々庭にいて、ポツリポツリと鈴虫の育て方を話してくれた。

六月の午後、めいは同じクラスのあやめちゃんと帰った。松下さんはめいを見ると、

「おぅ、鈴虫、かえったぞ」

「わぁ、見せて」

松下さんは家に入ると、飼育箱と虫メガネを持ってきた。

「ちっぽけだから、虫メガネがないとな」

虫メガネでのぞくと、止まり木の上で細い触角《しょっかく》がゆれている。体はあまりにも小さくて何匹いるのかはっきりしない。

「おらも見たいよ」

あやめちゃんは虫メガネを目にあて、さけんだ。

「ヒァーッ、これが鈴虫？　びっくりだぁ」

「毎日エサと、キュウリを取りかえる。脱皮《だっぴ》の時、体をこするのに止まり木も必要だな。隠《かく》れ家《が》もいるしよ」

隠れ家は出入り口のある帽子《ぼうし》の形をして、中でも触角がゆれていた。

お父さんの転勤《てんきん》で3月に越してきためいにとって、男の子顔負けの元気なあやめちゃんは苦手だった。けれど席がとなりで家も同じ方角だから時々いっしょに帰る。すると、世話好きでやさしい女の子だとわかった。

2人は毎日、松下さんと鈴虫に会いにいく。松下さんはもう、何年も前から飼っていて、

「たぶん50匹はいるね。夜行性《やこうせい》といって、昼間は寝ていて夜鳴くんだよ」

鈴虫の話になると、目をほそくした。

7月、鈴虫の身長は約1センチ。コオロギに似て体が黒く、触覚を動かしては仲間

やエサを確認している。

夏休みになる前、松下さんはふたりをむかえると、日焼けした顔をかがやかせ、

「あんたたちにプレゼントだ」

と、ふたつの飼育箱を指さした。

「鈴虫を10匹ずつ入れておいた。最後の脱皮がおわれば、オスかメスか見分けがつくよ。メスは卵をうむ管《くだ》が、後足の間にあるでな」

めいは息がつまった。

「あたしにくれるの？　ほんと？」

「ワーオ！　おら、たまげたよーっ」

あやめちゃんはバンザイをした。

8月になると鈴虫の体に変化がおきた。何匹かの鈴虫に卵をうむ管があらわれた。管がなく、背中が平らなのはオスだ。

お盆の初日、オスがメスを呼んで、鳴き始めた。リーン、リーン。悲しいほど澄んだ声だ。お母さんはふと涙ぐんだ。

「亡くなったおばあちゃんにも聞かせてあげたかった。都会育ちだから、鈴虫なんて知らなかったはずよ」

「あたし、いいこと考えた」

めいは飼育箱をベランダに置いた。鈴虫の声はきっと、空の上にいるおばあちゃんの耳にも届く、と思う。

あやめちゃんの鈴虫も鳴いていると知り、ふたりは松下さんに報告に行った。

「そうかそうか。よく世話をしたな」

松下さんはうれしそうだった。


2学期になった。夏休みの宿題の作文に、めいは鈴虫のことを書いた。2日後、先生は教室でめいを呼んだ。にっこりしながら、

「いなか育ちの私も、鈴虫って見たことないわ。参観日《さんかんび》に鈴虫の作文、読んでくれる？」

いやだ、みんなの前で作文を読むなんて。めいは思ったが、しかたなくうなずいた。

「大丈夫だって。おらがついているもんね」

あやめちゃんは大喜び。張り切った。

参観日当日。教室の後ろにはめいのお母さんも、ほかのおばさんたちと立っている。

めいは足をふみしめ、作文を読み始めた。

「松下さんははじめ、クマににていてこわそうな顔で、むすっとしていました」

突然、3年2組の教室の戸があき、何と松下さんが入ってきた。いつもの作業服ではなく、紺《こん》のズボンに水色のシャツで別人のようにハンサムに見える。松下さんは困った顔で先生を見て、持ってきた飼育箱をさし出した。

「いきなりやってきて悪いね。めいちゃんの作文を聞きたくて。それと鈴虫をクラスに寄付しようと思ったもんで、持ってきたよ」

トラックのトラちゃん

いつもと同じ日曜日の夜だった。じいちゃんがつかれた顔で、ぼそぼそと声を出すまでは。

「うちの会社、たたむことにした」

たたむ？　何のこと？　ぼくは混乱《こんらん》した。

「オレの手足はこれ以上なおらないし、山ちゃんの入院と手術は、何カ月もかかるようだ」

71才のじいちゃんは1年前、脳梗塞《のうこうそく》で手術した。リハビリをしたが手足に軽いマヒがあり、今は車の運転が無理だ。朝はお母さんが軽自動車で事務所まで送り、夕方は山下さんが乗せてくる。その山下さんが突然入院した。１カ月前のことで、胃ガンだった。これからきびしい治療《ちりょう》が続くらしい。

「思えば長い間、必死で働いてきたな」

30年前、じいちゃんは勤《つと》めていた工務店をやめ、山下さんと会社をはじめた。住宅の基礎《きそ》工事がおもで、やがて社員もふえた。4トントラックが3台、2台のバックフォーや、資材《しざい》置き場の土地も買った。長男であるぼくのお父さんは、設計《せっけい》事務所に入社したが、

「好きな仕事をするのがいい」

と、反対しなかった。

じいちゃんの会社がなくなる？　絶対いやだ。次の社長になるぼくの将来《しょうらい》はどうなる？

「山下さんが入院したって、ほかに社員のおじさんがいるよね？　仕事はできるよ」

「おじいちゃんと山下さんは、仕事に必要な資格を持っているの。複雑《ふくざつ》な図面を理解《りかい》して仕事ができる、りっぱな技術者《ぎじゅつしゃ》よ。そのふたりがいないと仕事はできないの」

とお母さん。そうかもしれない。

「いいか裕介《ゆうすけ》。どんな小さな会社でも、大会社に負けない仕事をしなくちゃいけない。それが誇《ほこ》りというもんだ」

じいちゃんの口ぐせだ。山下さんは入院。自分の体は不自由だ。それで工事のミスをしたら、施主《せしゅ》さんに申し訳ないと、覚悟《かくご》を決めたのだ。ぼくにもわかった。

じいちゃんは4トントラックを2台売った。事務所横の資材置き場にある、サビのある古いトラックだ。走行距離《きょり》が60万キロと聞いて、ぼくはびっくりだ。

「あんなボロのトラックが売れたの？」

「ああ、新品だと約7百万円はするけど、中古品は安いから、すぐ売れるんだ。トラックは丈夫で、80万キロ走ったってこわれない」

病院に行って、手術後の山下さんと話したとか。山下さんはやせてげっそりしていた。

「退院したら温泉に泊まって、つりをしようよ。オレたちは仕事に追われて、休みもなく働いてきたもんな」

それを聞くと山下さんは笑顔になり、

「約束だよ。社長とつりだなんて、長生きしなくっちゃ」

と少し元気になったそうだ。

山下さんたちの退職金《たいしょくきん》は、トラックや鉄板《てっぱん》、その他の機械を売ったお金をあてたという。パートで来ていた経理のおばさんも入れて、皆の職探し、税理士さんとの打ち合わせ、軽トラックや乗用車の保険を会社名義《めいぎ》からじいちゃん名義にしたりと、じいちゃんはてんてこまいだ。自宅横の駐車場に停めてあるもう1台の4トントラックも、買い手が見つかった。


じいちゃんの「会社をたたむ」宣言《せんげん》から3カ月、白い乗用車に男の人がふたり乗って、トラックを引き取りにきた。アイロンのかかった作業服姿で、ていねいに頭をさげる。トラちゃんを大事にしてくれそうだ。

ぼくが生まれたのは10年前。その年に買ったこのトラックを家族は「トラちゃん」と名前をつけた。赤ちゃんのぼくが泣きやまないと、じいちゃんは、

「さあ、トラちゃんに乗せてやるからな」

とたんにぼくはにこにこし、手足をバタバタさせて喜んだとか、1才のころ、運転席のじいちゃんの膝《ひざ》に乗り、ハンドルを動かすのが大好きだったと、お母さんは今も話す。

「トラたんにのる、トラたんにのる」

と、1日中うるさくせがんだらしい。

小学生になり長い休みの時は、じいちゃんの仕事を見に行くのが習慣《しゅうかん》だった。ミキサー車から流れ出る、どろどろした生コン。やがてベニヤ板をはがすと、彫刻《ちょうこく》のようにピカピカしたコンクリートがあらわれる。じっと見つめるじいちゃんの、こわいほど鋭《するど》い目。

お姉ちゃんが一緒の日、将来どっちが社長になるかでけんかをはじめるとじいちゃんに、

「うるさい。現場でけんかするな」

としかられた思い出が、よみがえる。

家族でトラックの横にならんでいると、お姉ちゃんが庭のチューリップを切ってきた。トラックの荷台に花を置くと、やさしく、

「おつかれさま」

と小声で言った。すると、黒いズボンにグレーのジャケットのじいちゃんは、

「ありがとう。事故もなく無事にすごせたよ」

と荷台をなでた。ぼくは言葉があふれた。

「トラちゃん、ぼくがおとなになったら、きっと買いもどしてあげる。待っていて」

「買いもどすのはあたしだってば。社長になるのはあたしだよ」

お姉ちゃんはかみつきそうな顔をした。

花の先生

3年生になって数日たった朝、校庭のそばにくると、同じ登校グループの昭弘《あきひろ》が大声をあげた。

「ワーイ！　今日は知恵《ちえ》のおじいちゃんがいる！」

校庭をぐるりとかこんだ遠くのフェンスにおじいちゃんがいた。シャベルで土を掘っている。いつものよごれた作業服姿だ。

——何よ。アンタがおじいちゃんと友だちだって知っているけどね。大騒ぎをしてバカみたい、と知恵はそっぽをむいた。

1年生から担任の北村先生はホクホクして教室へはいってきた。おじいちゃんと親しいのだ。若いのに盆栽《ぼんさい》が趣味で、校庭におじいちゃんがいると、小犬のようにかけ

寄っていく。

「今日も花の先生がきてくださっているね。みんな、きちんとあいさつをするんだぞ」

花の先生――。おじいちゃんのことだ。知恵が保育園児のころ、おじいちゃんは突《とつ》然《ぜん》、小学校の校庭に芝桜《しばざくら》を植えはじめた。フェンスの外側の土を掘り、持ってきた苗を植えつける。苗がのびるよう、間を広くとって、

「芝桜が咲けばそりゃきれいになるぞ。花のじゅうたんみたいだな」

と元気いっぱいだ。

以後、毎年苗を植え、肥料《ひりょう》をやり育てたので、今年は横が7メートルにもなった。

知恵はその夜、勇気をだして、

「おじいちゃん、もう学校へこないでよ。家族がしょっちゅうくるのって、とってもはずかしいよ」

とたのんだ。

「何てことをいうんだ。おじいちゃんは学校のため、子供のためにやっているんだぞ」

お父さんはこわい顔。おじいちゃんはうつむいて考えていたが、

「――そうか。知恵が迷惑《めいわく》ならしかたがないな。学校へいくのは土曜日の夕方だけにするか」

さみしそうにつぶやいた。

何日かして芝桜は満開《まんかい》となった。

白、ピンク、紫《むらさき》のかたまりが3つ、地面を美しく染める。子供も近所のおとなも、うっとりと見とれている。校舎の玄関《げんかん》前の道には何本もの桜が咲き、その下には色とりどりのチューリップがよりそっている。

おじいちゃんは生徒のいない土曜日の夕方、学校の芝桜の水やりをし、雑草を引っこぬく。軽トラックにシャベルを積みこんでいくから、玄関近くのアジサイやサツキの根元も掘って、土をやわらかくする。

4月末、おじいちゃんはぎっくり腰になり、動けなくなった。お母さんが病院へ連れていき、痛み止めの薬と湿布《しっぷ》薬《やく》をもらってきた。腰の激痛《げきつう》がすこし消えたころ、今度は左の膝《ひざ》がプクプクとはれた。どこに骨があるのか、わからない。お母さんと又病

院へいき、膝の水を注射器《ちゅうしゃき》で抜いた。家の中を杖《つえ》をつきながら歩き、急にしわが増えて10才も年をとったみたいだ。

「わしも年だな。もう畑仕事は無理か」

「ダメ。学校の芝桜、植えるんでしょ。何でも最後までやれっていうくせに」

知恵は以前のおじいちゃんにもどってもらいたかった。家中に聞こえる大声で笑い、軽トラックで学校まで走っていくおじいちゃんに。芝桜でとりかこんだ学校をふと想像《そうぞう》してみた。芝桜は2、3メートルごとに色を変え、広い校庭のフェンスの外側に花開くだろう。校庭は出入り自由だから、小さい子と一緒のお母さんや散歩のお年寄りもきて、

「何てきれいなんだろう。見れば元気がでるよ」

と、うっとりするだろう。おじいちゃんはその目標を胸に、何年間も年金から苗を買い、育ててきたのだと、はじめて思った。

おじいちゃんは膝が時々痛むと顔をしかめ、運転ができないので学校へもいかない。陽にあたらない白っぽい顔をし、たまにさりげなくたずねる。

「芝桜はどんな様子だ？　枯れたか」

「花はほとんど終わったよ。でも青々としているよ」

「そうか。芝桜ってのは雨が降らなくても元気に来年、咲くからな」

自分にいい聞かせるようにうなずいていた。

気温が高く、晴天続きの5月の半《なか》ば。玄関でガヤガヤと何人かの声がした。だれかが、

「山崎さんのおじいさん、おいでですか」

大声をだした。知恵は玄関へいき、仰天《ぎょうてん》した。何と北村先生がスーツ姿でかしこまっている。クラスの友だち7、8人も整列し、昭弘が前にいる。

「お、お、おじいちゃん、先生がきた！」

背中を丸めたおじいちゃんがのぞいた。

「おじいさん、また芝桜やアジサイの世話をしていただけませんか。私もお手伝いします。〝花の先生、どうしたね〟とご近所の方も心配していますよ」

と先生。

「ハァ、それが膝の治療中で――」

「ハイ、知っています。それでも何とかお願いしてみようと思って」

「おじいちゃんに頼みにいくって先生がいうから、みんなを誘ってきたんだ。多い方がいいもんね。おじいちゃん、前に約束したよ。芝桜の水やりをすれば、カブト虫のいる林へ連れていくって。オレ、ずっと水やりをしておいたよ」

昭弘はとくい気にそっくりかえり、

「エヘン。秋にも芝桜の苗って売っているんだよね。今度植える場所、掘っておいたからね。見てよ」

へーぇ、昭ちゃんはいつの間にそんなことを。知恵は驚くばかり。だまっていたおじいちゃんの顔からしわが1本ずつ消え、目がかがやいてきた。背中がまっすぐに伸びている。

「それじゃ、明日にでも学校へ行ってみますかな。軽トラックで」

「あたしもいく」

芝桜を育て、カブト虫のいる林にも行くんだ、と知恵は思った。

お、と、し、だ、ま

学校から帰ると、こたつの上に包みがあった。

「進太《しんた》、大福もち、あるぞ」

「ハハァ。年金の日だね」

きょうは12月の年金日。年金がでるとおじいちゃんはいつも、大福もちを買ってくる。ぼくはもちより、もっと大事な話があった。

「お年玉、5千円にあげてよ。友だちのおじいちゃんは1万円くれるって」

ぼくは今3年生。毎年2千円のお年玉なんて赤ちゃんみたい。友だちにも言えない。

「文句いうな。お年玉は2千円に決めている。年金もぽっちりだしな」

年金は2カ月に1回、10万でるといってた。10万、すごい。65才になるともう少し

増えるとか。だけど、めったにないドケチでお母さんに食費を払わない。いつだったか、両親が話していた。

「おやじに食費を入れてくれって、たのもうか。うちも住宅ローンは高いし、オレのボーナスもかなりへったしなぁ」

「やめて。この家を建てる時、おじいちゃんは貯金を全部出してくれたのよ。年金だって、一カ月5万しかないのに、食費だなんて、とんでもない」

「わかった。それにしてもおやじは、年金を何に使っているんだろう。純金《じゅんきん》の板でも買って、ニタニタながめているとか」

そうだ。それに違いない。ぼくはけやきの箱の中で、キラキラかがやく金の板を思いうかべ、うっとりとなった。

おじいちゃんはグレーの上着に黒のセーターで、ピシッときめている。白髪まじりの髪も、しぶくていい感じ。

「ふたりとも絶対オレの部屋に入るなよ」

と念をおし、自分の車で出かけた。きょうから1泊で、温泉に行くのだ。小学校の同級会だという。家にはぼくと兄ちゃんしかいない。チャンスだ。こたつでうたた寝をしている兄ちゃんをゆすった。

「ねぇねぇ、起きて」

「――うーん?」

「おじいちゃんの宝箱、あけてみようよ」

その箱はけやきの板でできている。おばあちゃんの形見だった。たて35センチ、横30センチくらいで、ふたには野菊《のぎく》の彫刻《ちょうこく》が美しい。おじいちゃんはだれにもさわらせず、時々箱をみがいている。

兄ちゃんはギョッとして、ガバッと起きた。

「ダメ。部屋に入るなって言われただろう」

「ちょっとだけだって。箱の中の金の板を見るだけ」

何回もせがむと、兄ちゃんは負けた。

ふたりでおじいちゃんの部屋のふすまを、そろりと開けた。8畳の和室にテレビ、テーブルがある。おばあちゃんの写真が、テレビの上からほほえんでいる。

けやきの箱は押し入れの中にあった。箱の中には古ぼけたハガキや紙が束《たば》になっていた。金の板はない。がっかりして、1枚の紙を広げてみた。なんとか読める下手な字の横に、角ばった字で何か書いてある。兄ちゃんがつっかえながら、読んだ。

「えーと、『おじいちゃん、おばあちゃん、とまりに、きてね。と5才の進太がはじめてくれた手紙』だって。おわりの方はおじいちゃんの説明だな」

「ふーん。5才のぼくが書いたんだ」

「こっちのハガキは『あけましておめでとうございます。ことしもつりにいこうね。じゅんいち』ぼくが書いたんだな」

おじいちゃんが大口をあいて笑っている絵は『だいすきなおじいちゃん、しんた』と題がある。書いたことを忘れていたぼくたちの絵やハガキが、リボンでしばって宝物のように入っていた。そのころ、おじいちゃんとおばあちゃんは、少し離《はな》れた古い家に住んでいたのだ。

「この通帳、ぼくと兄ちゃんの名前があるよ」

2冊の通帳の1ページには『将来《しょうらい》の教育費に』と書かれている。2カ月に一度、2万円ずつ貯金されている通帳を前に、ぼくたちはだまりこんだ。おじいちゃんは年金がでると、孫の通帳に貯金をした。それが楽しみだった。お母さんの名前の通帳もあったが、もう中を見る気になれない。

「見なきゃよかったな」

兄ちゃんがポツリとつぶやいた。

「ウン」

後悔《こうかい》で胸がつぶれそうだ。

「正直に話して、おじいちゃんにあやまろうか。それともお母さんに相談してみる？」

「ダメだよ。おじいちゃんはこの箱の中のもの、だれにも秘密《ひみつ》にしたいんだよ」

「そうだ!!」

と兄ちゃんはパッと立ち上がった。

「タイムスリップ、しよう。おじいちゃんの出かけた時間にもどるんだ」

「すごい!!　名案《めいあん》だ」

ぼくたちは箱をしまうと、おごそかに、

「タイム、スリップ」

と号令《ごうれい》をかけ、安心した。

お年玉はたぶん、２千円だ。いつか、ぼくが高校生になっても、ね。

バラのアーチ

和子《かずこ》はゲームをするふりをしながら、チラチラとお父さんを観察《かんさつ》していた。

「なぁおやじ。この古い家をこわして、広い家を建てようよ。オレたちも同居するし」

お父さんの説得《せっとく》は熱がはいる。

「絶対断る。オレはこのボロ家に、死ぬまでひとりで住む」

おじいちゃんはぐいと肩をいからせた。

「だけどな。おやじも73才だろう。病気や手術になったら、オレたちが世話をするよ」

「オレは元気だ。よけいなこと考えるな」

おじいちゃんはけわしく眉《まゆ》を寄せ、廊下を蹴《け》りつけながら玄関へむかった。

「こまったもんだ。頑固《がんこ》にもほどがある」

お父さんのつぶやきを背中に、和子はあわててスニーカーをはいた。

お父さんとおじいちゃんがこの話をするのは、もう何度目だろうか。和子もアパートに住むより、自分の部屋がある家がほしい。今は2歳年下の1年生の弟と、6畳の部屋に二段ベッドを置いて使っている。せまいし物があふれていて、朝晩けんかをしている。

それにおじいちゃんに小屋を作ってもらい、犬を飼《か》いたい。転校はさみしいけれど、がまんするつもりだ。

おじいちゃんはとっとと草を踏《ふ》みつけながら歩き、和子は走って横にならんだ。おじいちゃんの畑は3月の空気の中で、ひっそりと眠っている。すみにある太いりんごの木は、葉もなく枯れ木のようだ。

「今年の秋も、りんごがとれるよね」

和子は仁王様に似た、がっちりした体格のおじいちゃんを、そっと見上げた。

「ああ、ここの『紅玉《こうぎょく》リンゴ』で作るアップルパイが、おまえは大好きだったな」

すこし笑った顔に和子は安心した。

「ねぇ、わたしたちと一緒に住むの、どうしていやなの?」

「おまえたちが嫌い、というわけではないが、ただな」

おじいちゃんはポツリと、

「家をこわせば、ばあさんがどんなに悲しむかと思うとなあ」

と、つぶやいた。

「オレたち夫婦は貯金もなく、ローンで安普請《やすぶしん》の家を建てるのがやっとだった。リンゴの木も毎年増やして、収入が多い年もあったよ。喜んだ翌年には台風のせいで、収入が半分になったりと、苦労の連続だったな」

おばあちゃんは2年前、空の上へ行ってしまった。畑のリンゴの木も、今は3本だけ。空地には5月にトマトやキュウリを植えていて、その野菜は近くの店にも出荷している。

「3人の子供の教育費、生活費とやりくりしながら、ふたりでこの家を守ってきたんだよ」

「今の家は古くても思い出の宝箱なんだね」

和子にも宝物がある。ウサギやフクロウの、ガラス製の小さな置き物だ。中でも出張したお父さんがお土産《みやげ》にくれた、青と緑の鳥は特別の品だった。キラキラとかがやいて美しい。

「ばあさんは真っ赤なバラが好きでな。寝ている部屋のすぐ外に植えて、アーチにしたいって。バラの匂いの中で眠りたいとか、いってた」

「それで、バラを植えたの」

「毎日、必死で働いていたもんでな。そのうちいつか、と約束していたが、そのままになってしまった。バラの香りの中で眠るなんて、白雪姫みたいで子供っぽいと思ったしな」

おじいちゃんは首をふりながら、

「おまけにあの家をこわしたら、ばあさんはどんなに怒ることか」

今もすぐ近くに、おばあちゃんがいると思っているらしい。

和子はおばあちゃんに会いたくて、切なくなった。お菓子を作るのが趣味《しゅみ》で、和子にもクッキーやくるみのケーキの作り方を教えてくれた。台所のすみまで、リンゴの甘煮《あまに》や生地《きじ》に入れる香料《こうりょう》のシナモンが匂《にお》っていたっけ。

その時どこからか、砂糖《さとう》とともに煮たリンゴの香りが漂《ただよ》ってきた。アップルパイに入れる甘煮――。不思議に思っていると、突然、強い風が吹いてきた。風は木々をゆらし、生き物のようにふたりの側でうずを巻く。と、秋の稲穂《いなほ》のこすれるような、ささやき声が聞こえた。

――おじいさん、あたらしい、おうちに、バラをうえて、ね、アーチをつくって。おねがいね、まっているから、ね――

風のうずはストンと足元に落ち、消えた。

「――ああ、おばあちゃんだ」

和子は思わず声をだした。自分の言葉がおかしいとはすこしも思わなかった。ただ、なつかしかった。

「ばあさん、おまえはこの畑にいたのか。はいよ、よくわかったよ。バラのアーチ、きっと作るからな」
遠くの田んぼまで届くような大声。おじいちゃんは笑いながら、目に涙をためた。

おまけのかさ

起きたとたん、外はどしゃぶりの雨だとわかった。一大事！　台所へ行き、お母さんの服をつかんだ。

「ねぇ、お母さんのかさ、貸して」

ぼくは先日、かさをなくした。正月から数えて3本目で、

「これからは自分の貯金で買いなさい」

としかられた。

4月には帽子《ぼうし》と体育の運動着の上着を、どこかに落とした。

その日、運動着のズボンははいていたけど、上着はランドセルの上にかけた。家に着いた時、上着がなかった。名前を書いた白い布を縫《ぬ》いつけてあるのに、学校にも届

けられていなかった。運動着は高い。あのときは、お母さんどころか、お父さんにもたっぷり怒《おこ》られた。

「うーん」

お母さんはうなり、

「しかたないわねぇ。かさがないからお休みします、なんて学校に電話するわけにいかないし」

しぶしぶ、かさを出してきた。

誕生日《たんじょうび》に買った水色のかさで、ふちに紫《むらさき》と黄色の花が散らばっている。宝物のようにに大事にして、かさを使った日は、帰るなりタオルでふいている。思いきって買ったらしい。

「いい？　家の玄関に着くまで、絶対にこのかさは手からはなさないんだよ。約束だよ」

お姉ちゃんが命令した。

午後、友だちの健二《けんじ》と校門を出た時、空は晴れていた。かさを振りまわしながら、通学路横の公園へ行った。水を飲むだけ。道草じゃないもんね。ぼくはかさの柄《え》を、ギュッとにぎった。

公園には藤の花が、50センチもの房になって垂《た》れている。赤ちゃんが3人、おむつをくっつけたおしりで、砂場にすわりこんでいる。おばさんたちはのんきにおしゃべりをし、笑い声をたてていた。

野良ネコのマスクがぼくたちを見つけ、いそいそとかけ寄ってきた。一口残しておいた給食のパンをやると、目の前で食べ、やがて横になった。背中やお腹をなでてやると、うっとりと目をとじた。

去年の秋、この公園で見た時は目ばかり大きな赤ちゃんで、親ネコの横にいた。三毛ネコだけど、口のまわりがマスクをしているように純白。だから名前は「マスク」だ。

夕方5時にお母さんが帰ってきた。

「伸介《しんすけ》、かさはどこ?」

「あっ」

息がとまる。

「ごめんなさい。すぐさがしてくる」

あわてて靴《くつ》をはくと、お母さんは、

「待って。わたしも行く」

懐中電灯《かいちゅうでんとう》を持ってきた。

自転車のペダルをふみながら、

「健二《けんじ》と公園に寄った時は持っていたよ」

と言いわけすると、ピシッとしかられた。

「そうやって道草ばかりしているから、いつだって何かなくすんじゃないの！」

懐中電灯をつけ、公園のすみまでさがした。ツツジの茂み、藤の下、砂場。どこにもない。お母さんはつかれた声で、

「もう帰ろう。ご飯作らないと」

さみしそうに言った。ぼくは心の底から反省した。

今日は5月の参観日《さんかんび》。

お母さんは来られない。お母さんの職場のスーパーでは、仲間のおばさんがふたり、休んでいる。親が入院したり、子供が熱をだしたとか。お母さんは勤務時間を長くして、がんばっている。半日の休みもとれない。

「午後から雨の予報よ。志津子《しずこ》、かさを忘れないで。仲介はどうするの」

ぼくはまだ、かさを買っていない。すると、煮物を食べていたお姉ちゃんが、

「不燃物《ふねんぶつ》のごみの中に、古いかさがあったよ。あれを拾ってくれば？」

「よかった。夕方、行ってみるよ」

これでかさを買わなくてすむ。今日1日、雨が降りませんようにと祈《いの》った。

5時間目の参観中、もうカミナリが聞こえてきた。数分後、空が灰色になり、はげしい雨になった。天気の神サマ、ひどいよ。ぼくはうらめしかった。健二は熱を出して休みだし、児童会の副会長のお姉ちゃんは、これから会議がある。ぼくはひとりで帰ることになる。

授業が終わり、みんな急いで帰る支度《したく》をした。教室では父母こんしん会が始まる。のろのろと教室を出て、トイレへ寄る。こうしていれば、雨がやむかもしれない。玄関にあるクラスのかさ立てに、かさは残っていない。友だちは帰ったのだ。雨ははげしくなる。

ふと自分の靴《くつ》の棚《たな》を見て、あれっと首をかしげた。靴の上に黒い折りたたみかさがある。かさの丸い柄に、たたんだ紙が結びつけられている。広げてみた。

「ことし、もう1本だけ、かさを買ってあげる。おまけのかさだよ――」

お母さんだ。

きっと店長に頭を下げ、切れっぱしのような時間をもらって、かさを届けてくれたんだ。汗と雨にぬれ、自転車をぶっとばして――。

「おまえが大人になったら、お母さんの好きなかさ、プレゼントしてよね」

その言葉が、聞こえる気がした。

最終バスのお客さん

19時30分駅発の最終バスを運転しながら、洋一《よういち》はみっちりと自分にいいきかせた。

「いいか。ゆだんするなよ。急発進《はっしん》急ブレーキは危険《きけん》だからな」

12月はじめの思いがけない雪は、見慣れた町を一変《いっぺん》させた。バスは町の中心や団地を走る。雪は道のわきに片づけられている。ただ粉雪が降っているので、視界《しかい》は悪い。住宅がなくなり、上り坂にさしかかると、洋一の肩に力がはいる。暗闇《くらやみ》の中に、だんだん畑が白くうかんだ。うねうねと曲がった道には、シャーベット状の雪が光っていた。

「運転手さん、体えらくないかい。こんな時間まで仕事で」

一番前の席のおばあさんがにこにこしながら、左横から話しかけた。からし色の帽《ぼう》子《し》とマフラーが若々しい。ベテラン運転手の洋一も見たことがない顔だ。

「はぁ、運転は好きなもんで、つかれるということはないですね。ただ年のせいかな。このごろ、肩こりがひどくてね」

洋一は乗客との世間話《せけんばなし》が好きだった。

「お客さんは、病院の帰りですか」

バスの乗客は、ほとんどがお年よりだ。午前のバスで病院へ行き、午後早く帰れば、あとは昼寝ができる。この最終バスに乗るのは、部活でおそくなった高校生がほとんどだった。バスの便が2時間に1本くらいしかないこの町では、サラリーマンや女性は車で通っていた。おばあさんはとろけるような笑顔で、

「病院？　ちがうよ。ひさしぶりに息子に会いにね」と、ほほえんだ。

「そりゃ、楽しみですね」

「あんたのお母さんは元気かね」

洋一はまごついた。

お母さん？　実の母か。２度目の義理《ぎり》の母か。どちらの母も、今はもういない。母

だけではなく、父も他界している。

「おふくろは、35才で亡くなりました。胃ガンでした」

洋一は実の母を思った。子供たちを残して母が旅立った時、洋一は10歳だった。

「そりゃ、悪いことを聞いたね」

「いいんですよ。もう40年も昔のことです」

フロントガラスにしがみついていた雪が、ゆっくりとすべり落ちる。

「おれが生まれたのは、北海道の炭鉱《たんこう》の町でね。子供のころは、いかだを作って川を下ったり、魚をとって遊びました。あちこちの木に、クマの爪《つめ》あとがあってね。今思えば、かなり無茶《むちゃ》だったかな」

その無茶な子供時代がなつかしい。

「腹ペコになれば、人の畑のスイカやキュウリをこっそりいただいてね。畑は東京ドームのように広いし、農家の人も寛大《かんだい》だったよ。そうだ、一度、鉄砲《てっぽう》を持ったじいさまに追いかけられて、友だちと一緒に気がくるったように逃《に》げましたよ」

「そりゃ、すごい冒険《ぼうけん》をしたね」

おばあさんは喜んだ。

「道ばたで待っていると、石炭をつんだトロッコが、炭鉱から下りてくるんです。トロッコの上にいる男が、洗面器くらいの石炭《せきたん》のかたまりを投げてくれてね。おやじが炭鉱で働いていたもんで、石炭はもらえました。それでもピカピカ光った大きな石炭をもらうと、うれしかったですよ」

良質《りょうしつ》の石炭を見せると、母がほめてくれた。火力が違うらしい。

「母は男まさりでね。近所のおばさんを集めて、花札をやっていましたよ。料理は得意じゃなくて、ひと品だけ、ドカンと作るんです。そのくせ、編み物は上手でした。クリスマスにセーターをもらいましたよ」

おだやかな性格の父は、酒を飲まず、バクチもしなかった。花札に熱中する母に、文句を言ったこともなかったらしい。

父は夏になると、汽車で1時間半の海へ連れていってくれた。それが、どれほどの楽しみだったか――。

「母は教育熱心でしてね。宿題をしないと、ものさしでたたくんですよ。ひどい親だと腹がたちました」

今日のおれはどうしたんだ？　仕事中にこんなに昔話をするなんて。舌《した》がとまらない自分が不思議《ふしぎ》だった。

「あんたは自慢《じまん》の息子、だったのよ。よその子に負けるとこ、お母さんは見たくなかったんだね」

おばあさんはほっほっと笑った。

その母は、他界する2年前に、ガンの手術を受けていた。退院後の母は、豚《ぶた》のレバーを週に何回か食べていた。ひとつ食べてみた洋一は、あわてて吐《は》きだした。

「あんなまずいもの、よく食べるなあ」

と思ったものだ。

今ならレバー料理は種類が多い。タレにつけて焼くとか、ニラと炒めるのもうまい。母は炭火で焼いたレバーにしょうゆをかけ、食べていたっけ。レバーは体にいいと、人に聞いたらしい。

長男と次男の洋一、4才年下の妹を思えば、何としても生きたかったのだろう。

洋一の運転するバスは姨捨《おばすて》伝説で有名な「長楽寺《ちょうらくじ》」で停まり、居眠りをしていた高校生が下りた。伝説では、年をとった親を長楽寺に捨てるという風習《ふうしゅう》があったらしい。誰もが貧《まず》しい暮らしだったのだろう。

ある若者は母を背負って山へいったものの、どうしても置いて帰る気になれなかった。連れて帰り、床下《ゆかした》に母を隠し、世話をするのだ。「姨捨」の駅名は今も残り、急坂のだんだん畑と、5、60軒の家がある。

バスの客はおばあさんひとりになった。

「今年の6月に娘を連れて、おふくろが入院していた病院をさがして行ったんです。北海道へは何回か行きましたが、その場所へ行ったのは、おふくろが亡くなってはじめてでした」

洋一はなぜか、いつまでも話し続けられる気がした。第一、話でもしないとねむくなる。車内は暖房《だんぼう》がきいていた。

「そりゃ、お母さんはきっと喜んでいるよ」

「病院のあった炭鉱の町は、背丈もある草がはえた荒地《あれち》になっていてね。学校や家はなにひとつなかったですよ」

記憶《きおく》をたどり、道に迷いながらやっとさがしあてた場所は、病院の基礎《きそ》のコンクリートだけがわずかに残っていた。茫然《ぼうぜん》と立ちすくんでいると、

「お父さん、ほら見て」

娘が声をあげ、指さした。一瞬《いっしゅん》、林の中を走り去るシカの背中が、木もれ日にかがやいて見えた。

「すごい！　本物のシカだ」

娘は感激《かんげき》していた。

「ここはシカの楽園になっちまったなあ」

実の母が、シカになって会いにきたのかと思った。

病院の庭だった広場には、雑草の中に白いマーガレットの花が咲いていた。時々、つり人か何かの用事で来る人がいるのか、人が踏《ふ》んだらしい跡《あと》があった。娘はその道を歩き、マーガレットを摘《つ》んだ。両手にかかえた花をコンクリートの上に置くと、

「おばあちゃん、あたしが孫だよ。おばあちゃんに会いにきたんだよ」

まじめな顔で話しかけた。

今どきの娘らしく、小さなピアスをふたつもつけた顔が、不意にぼやけた。洋一は涙もろい自分を隠すように横をむいた。

バスは停留所を通りすぎた。おばあさんはどこで下りるのだろう。

「どちらまで？」

「はい。終点の『大池《おおいけ》』までお願いします」

「ええっ」

思わずハンドルから手を離してしまった。

「このバスの終点は『長峰《ながみね》』です。『大池』へ行くのは、5時半のバスですよ」

大池はこの町のてっぺんにある、小さな集落の名前だ。「長峰」はここから左へ曲がり、道を下りて県道にでる手前の停留所である。「大池」へ上り、その後「長峰」へ行くバスは5時半が最後だった。

おばあさんは顔色をかえた。けわしい声で、

「そんなバカな。わたしはどうしても『大池』まで乗せていってもらうよ」

決然《けつぜん》という。

「じょうだんじゃない。ここで下りて、あとは歩いて行ってください」

いいかけた言葉を、洋一はのみこんだ。

こんな間違いは昼間のバスにはない。昼間は「大池」をまわり、「長峰」へ行くのが普通だからだ。この最終バスに老人が乗る時は、どこで降りるか確認するのだが、今日はうっかりしていた。

時計は8時10分。街灯もない暗い道をおばあさんが歩けば、「大池」まで1時間はかかる。途中、迷子にでもなれば人家もなく、凍《こご》え死《じ》ぬかもしれない。洋一は頭をかかえた。バスで送っていくより方法がない。

洋一は携帯《けいたい》電話を出したが、諦《あきら》めた。営業所の所長に連絡してもダメだ。

「その年よりの家族に電話をして、迎えに来てもらえ」と不愛想《ぶあいそう》に返事をするに決まっている。

「しょうがない。『大池』へ行きます。この次はどこに停まるか、ちゃんと調べてから乗ってください」

精いっぱい皮肉をこめた。

「ありがと。そう言ってくれると思ってた」

おばあさんは当然のようにうなずいた。

「大池」へまわるのは所長に秘密だと、洋一はつぶやいた。もしバレたら、

「すみません。ボンヤリして、つい間違えました」

とあやまるしかない。クビにならないよう祈《いの》るだけだ。

やがて「大池」停留所に着いた。

だんだん畑を守るように、家が散らばっている。街灯が白い道を照らしている。ここまで来れば、おばあさんは息子の家に行かれるだろう。雪はいつの間にかやんでいた。

「さあ、着きました。くれぐれも足元に気をつけて行ってくださいよ」

「はい。あんたも体を大事に、な。長生きしなさいよ」

おばあさんは洋一に笑いかけ、ゆっくりと下りた。

「長生き、しなさいよ、か」

苦笑《にがわら》いしながら、バスをUターンさせる。街灯の光の下で、博多《はかた》人形のようなおばあさんは、いつまでも手をふっていた。

ふだんより30分遅れて「長峰」まで来ると、ライトをつけたパトロールカーが、何台も道をふさいでいた。若い男があわただしく、懐中電灯《かいちゅうでんとう》を回している。洋一は近くまで行き、首をつきだした。

「何かあったんですか」

「事故だよ。大変な事故だ」

作業服姿の男はふるえ声で、

「道路が雪で滑ったらしい。20分ばかり前に車4台の衝突となったとか。重体の人も何人かいるみたいで、県道の方に救急車が何台か、到着したところです。オレの車も冬タイヤをはいていなかったから、あぶなかった」

前方の闇《やみ》を切り裂いて、救急車とパトロールカーの回転灯が光り、あわただしい怒鳴り声は事故の悲惨《ひさん》さを伝えていた。

間一髪《かんいっぱつ》とはこのことか。もし大池へ行かなかったら、このバスもおれも、どんなことになっていただろう。あのおばあさんのお陰《かげ》で、命拾いしたな。そこで洋一はふと気がついた。おばあさんの言葉を。

「体、えらくないかい」

えらい、とは北海道の方言で、疲《つか》れる、という意味だ。そういえば母親はからし色が好きで、自分が健康なころに編んだからし色の帽子を、病院でもかぶっていたっけ。洋一の記憶は40年の月日を越え、実母が入院していた病院へともどった。

「――そうか。あの人はおふくろ、だったんだ。おれを助けに来てくれたんだな」

洋一は目をしばたき、大池の山を見上げた。

あとがき

平成24年1月17日付「生活雑記」に、次のような投稿が載りました。

師との出会い

びくびくしつつ、長野市の『文章教室』のドアを開けたのは、15年前。子どもが成長し、なんとなくさみしい毎日を送っていた。老後にカルチャーもいいな、との気持ちは1日目の講義の終わりには消え、ぼうぜんとなった。K先生の厳しい指導はとても素人相手と思えない。相手が誰でも手を抜かず、持てる知識のすべてを教える、というのが先生の信念だと、後に知った。厳しさが、優しさだった。

以後12年間、月に1度の講義はいつも新鮮でわくわくした。先生は繰り返し、「文章はわかりやすい言葉で書く。大げさな表現はやめ、自分の言葉を探すこと」と言った。

「自分の言葉？　言葉をたくさん知らない者はどうしたらいいの？」。私は首をかしげた。

受講生の中には自分の体験をまとめ、本にする人が半数以上になった。戦中、子育て、登山の話などの自分史の出版は、未知の経験であり、生きがいだったと思う。全国公募の短編小説に入賞する人もいた。

私は心の中に根付く劣等感があった。体が弱く、小学校の朝礼では貧血で何度か倒れた。成績もふるわず、親や担任にほめられた覚えがない。何ひとつ才能のない自分。その気持ちはカルチャーに通った12年間に、少しずつほぐれた。自分はありのままでいい。不器用でも平凡でも、これでいいのだ。

教室には重い病の人、夫を亡くした人など、悲しみを背負った人が多かった。その誰もが運命を受け入れ、人に優しく、前向きだった。子育ての体験を書く私を応援してくれた。

今から3年前、高齢の先生は講師を退いた。最後の講義では気迫にあふれた声で、「人はいくつになっても学ぶことができる」と言った。

今、かつての生徒の私たちはたまにしか先生に会えない。けれど、生涯の師に出会えたしあわせは、輝きながら増すばかりである。

私はその後も、才能のない頭をかきむしって、童話を書き続けています。今回3冊目となる『最終バスのお客さん』を出版することができ、関係者の方々に心からお礼を申し上げます。ほとんどの童話は、信濃毎日新聞の「親子のときめき童話」で採用されたものです。信濃毎日新聞社出版部の山崎紀子さん、挿絵と装幀を担当してくださった庄村友里さんには適切なアドバイスを、友人の関幸さん、上原和子さん、竹内志津子さんほか多くの方にいつも熱心に応援をしていただきました。そして亡き河野経保先生は「小西さん、言葉ひとつでももっと真剣に選ばないとね」と未熟な私におっしゃることでしょう。地域の皆様に「アンタどうしたね。この頃、新聞に童話が載らないね」と叱られながら、これからも田舎の物語を書いていくつもりです。

令和6年1月　　小西ときこ

小西　ときこ（こにし・ときこ）

昭和 20 年長野県更級郡八幡村（現千曲市）生まれ。
昭和 38 年篠ノ井高等学校卒業。３児の母。
千曲市在住。
第 11 回「家の光童話賞」佳作、平成 10 年度信濃毎日新聞社「親子のときめき童話」年間賞最優秀賞、第 18 回「家の光童話賞」佳作、平成 15 年度「愛と夢の童話コンテスト」奨励賞、平成 15 年度信濃毎日新聞社「親子のときめき童話」年間賞佳作等を受賞。

装幀・挿絵　庄村友里
編　　　集　山崎紀子

最終バスのお客さん

2024 年 2 月 15 日　初版発行

発　　　行　小西ときこ
編集・制作　信濃毎日新聞社
〒 380-8546 長野市南県町 657
電話 026-236-3377　FAX 026-236-3096
印　刷　所　信毎書籍印刷株式会社

ISBN978-4-7840-8849-2　C0093

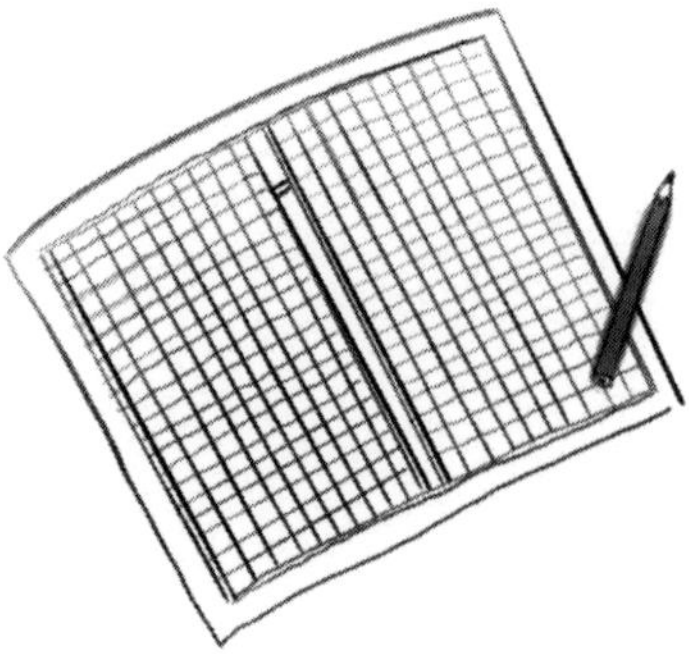